O caso do castelo assombrado

Dados Internacionais de Catalogação na Publicação (CIP) de acordo com ISBD

B639c Blanch, Teresa.
O caso do castelo assombrado / Teresa Blanch ; ilustrado por José Labari ; traduzido por Mariana Marcoantonio. - Jandira, SP : Ciranda Cultural, 2023.
96 p. : il. ; 13,50cm x 20,00cm. - (Os buscapistas ; Vol. 1).

Título original: El castillo encantado
ISBN: 978-65-261-0631-0

1. Literatura infantojuvenil. 2. Diversão. 3. Mistério. 4. Aventura. 5. Investigação. I. Labari, José. II. Marcoantonio, Mariana. III. Título. IV. Série.

2023-1069 CDD 028.5
CDU 82-93

Elaborado por Lucio Feitosa - CRB-8/8803
Índice para catálogo sistemático:
1. Literatura infantojuvenil 028.5
2. Literatura infantojuvenil 82-93

Título original: *Los Buscapistas: El castillo encantado*

Produção editorial: Ciranda Cultural
Tradução: Mariana Marcoantonio
Diagramação: Ana Dobón
Revisão: Fernanda R. Braga Simon

1ª Edição em 2023
www.cirandacultural.com.br

T. BLANCH - J. A. LABARI

O caso do castelo assombrado

Tradução:
Mariana Marcoantonio

Ciranda Cultural

Eles se conheceram no maternal e desde então não se separaram. Os dois têm uma agência de detetives e resolvem casos complicados. Pepa é decidida, e Maxi é um pouco medroso... Juntos, formam uma boa equipe. Eles são OS BUSCAPISTAS!

MOUSE, o hamster de Maxi.

Estes são **PULGAS**,
o cão farejador da agência,
e **NENÉM**, o irmão de Pepa.
Sua superchupeta livrou os
Buscapistas de mais
de uma fria.

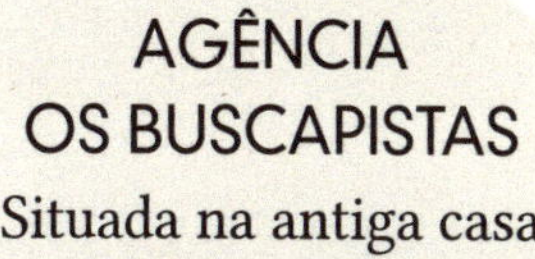

AGÊNCIA
OS BUSCAPISTAS
Situada na antiga casa
de Pulgas.

O MASCARADO
ANÔNIMO, um estranho
personagem que ajuda os
Buscapistas. Mas quem se esconde
atrás dessa máscara? **Busque
as pistas e descubra a
identidade dele!**

NÃO PERCA DE VISTA
A ARMADURA MISTERIOSA...

RUMO A...!

Maxi Casos parou na frente do portão da casa de Pepa Pistas. Ao lado dele, a mãe dava ao filho as últimas instruções para o fim de semana, enquanto Mouse, o hamster de Maxi, tirava o focinho pelo capuz da blusa dele.

– Comporte-se! – advertiu a senhora Casos e estampou um sonoro beijo na bochecha do menino. – E divirta-se bastante.

Maxi concordou e ficou observando enquanto ela se afastava apressada em direção ao supermercado onde trabalhava. Então, atravessou o jardim para chegar à porta principal e tocou a campainha:

– Oi! – cumprimentou o menino quando a senhora Pistas abriu, com um filhote de porquinho-da-índia no colo. – E esse?

– Um dos meus pacientes. – A mãe de Pepa era veterinária e costumava levar seus clientes mais pacíficos para casa. – Preparado para um fim de semana incrível com o vovô?

Maxi sorriu. Neném, o irmão mais novo de Pepa, apareceu montado no lombo de Pulgas.

– Desça já daí, seu menino levado! – Era a voz do senhor Pistas, que espiava da porta do escritório. O pai de Pepa passava quase todas as horas do dia com o nariz enfiado em seu computador, escrevendo romances de mistério.

– A Pepa está no quarto… Pode ir, você conhece o caminho. – E a senhora Pistas voltou às suas tarefas.

Maxi conhecia aquela casa como a palma da sua mão, porque passava ali a maior parte do tempo livre. Acontece que Pepa e Maxi eram amigos desde...

O menino sorriu ao recordar o dia em que se apropriaram da casinha do Pulgas e a transformaram na Agência de Detetives Os Buscapistas.

Maxi se apressou para subir a escada até o primeiro andar. Quando entrou no quarto, a primeira coisa que viu foi Pepa brigando com sua mala, que não queria fechar.

– O que você está fazendo? – Maxi deixou a dele em cima da cama.

– O zíper travou! – exclamou a menina, com o rosto vermelho pelo esforço.

– Deixe-me eu ver. Se eu puxar com força, tenho certeza de que...

E, diante da cara de espanto de Pepa, o zíper foi parar na mão de Maxi.

– Ui! Quebrou... – disse ele, com o olhar atônito.

Pepa deixou escapar um leve suspiro de resignação e, sem perder tempo, foi até o armário em busca de outra bolsa na qual guardar suas coisas.

– Você trouxe o kit de detetives? – quis saber Pepa.

– Não vamos precisar dele.

Pepa pensou que o amigo tinha razão. Os fins de semana com o vovô eram tranquilos: excursões pelo bosque, passeios de bicicleta, jogos de tabuleiro... Portanto, decidiu levar o livro *Detetives e farejadores*, sua série favorita, protagonizada pelo inspetor Lupinha e por seu cão Olfato, para terminar de ler.

– A propósito, aonde nós vamos? – perguntou Maxi.

– Não faço ideia! – respondeu Pepa. – Só sei que vamos conhecer uns velhos amigos dele. Mais nada!

Naquele instante, um carro vermelho e desengonçado, que parecia prestes a se desmantelar a qualquer momento, freou bruscamente diante do portão da família Pistas e deu duas buzinadas suaves.

– O vovô chegou! – exclamou a mãe de Pepa do lado de fora.

Pepa e Maxi se apressaram para cumprimentá-lo e, depois de deixar a bagagem no porta-malas e de se despedir da família, ocuparam o assento traseiro do carro.

– Não se esqueceram de nada? – perguntou o avô.

Pepa e Maxi negaram com a cabeça.

– Então vamos rumo a...! – O avô deu a partida.

– Aonde, vovô? – perguntou Pepa, impaciente.

– A...! – O avô ficou mudo de imediato.

De um salto, a mãe de Pepa apareceu ao lado do carro. Estava com o celular grudado na

orelha e fazia movimentos com os braços, pedindo para esperarem. Quando se certificou de que não se moviam, correu para dentro da casa.

O avô se virou para as crianças:

– Vocês têm certeza de que não se esqueceram de nada?

Pepa e Maxi voltaram a confirmar com um movimento de cabeça, e Mouse tirou o focinho de seu esconderijo enquanto roía um pedacinho de queijo. Lá fora havia começado a escurecer, e caíam as primeiras gotas do que terminaria num temporal.

A mãe de Pepa apareceu carregando uma mala e a cadeirinha de carro de Neném.

– Abram! – ordenou às crianças.

Atrás dela vinha o senhor Pistas com o filho mais novo no colo.

– O Neném vai com vocês.

– Mas como que eu vou levar um bebê a...? – O avô coçou a cabeça, pensativo, e desceu do carro.

– Trata-se de uma urgência que pode me manter ocupada o fim de semana inteiro – explicou a mãe de Pepa. – Uma das minhas

pacientes vai dar à luz a qualquer momento, e eu preciso ir em seguida.

– E você não pode trazer a sua paciente pra casa, como costuma fazer? – perguntou o avô.

– Como é que eu vou trazer uma vaca para casa?!

E o avô, quase sem piscar, olhou para o pai de Pepa:

– E você não pode cuidar do...?

– Impossível! Tenho que terminar um romance. O meu editor disse que, se eu não entregar na segunda-feira, cabeças vão rolar. – O pai de Pepa engoliu saliva e passou a mão pelo pescoço.

Um terrível relâmpago iluminou o céu. O avô voltou a se acomodar em seu assento e deu a partida rumo a...

– A...? – perguntou Maxi. Mas não obteve resposta, porque o avô estava de mau humor.

Foi assim que o carro desengonçado do avô pegou uma estrada de curvas que avançava por uma elevada colina. O vaivém do veículo embalou as crianças de tal forma que elas acabaram dormindo.

Quando o carro parou, ainda estava chovendo, e os relâmpagos davam um aspecto fantasmagórico à paisagem. O avô buzinou, e uma enorme porta de ferro forjado se abriu. Ele voltou a avançar com o carro até que estacionou diante de um esplêndido castelo coroado por um torreão.

A porta principal se abriu, e da penumbra apareceu uma silhueta gigantesca que, com passos pesados, se aproximou do veículo.

RIP

Depois de dar uma olhada e comprovar que as crianças estavam dormindo, o avô se apressou para sair do carro. Nesse mesmo instante, a silhueta correu até ele e o envolveu por completo. Depois ouviram-se sussurros intercalados com o barulho dos trovões, o vento forte e uma sonora gargalhada que estremeceu a terra.

HA, HA, HA, HA, HA!

Os pelos das orelhas de Mouse se arrepiaram, e ele se refugiou no capuz de Maxi.

O CASTELO ASSOMBRADO

Maxi abriu os olhos e se ergueu na espaçosa cama em que estava deitado. Ao lado dele, Pepa e Neném dormiam placidamente.

Examinou na escuridão para saber onde se encontravam. Era um aposento bem amplo, de tetos altíssimos, com molduras e paredes forradas e grandes telas de cavaleiros de outras épocas penduradas nelas. Num canto perto da janela, destacava-se uma lareira fantasmagórica.

Maxi se assustou ao sentir uma cosquinha na nuca.

– Mouse?

Então o hamster mostrou o focinho, e o menino respirou realmente aliviado. Depois se aproximou do ouvido de Pepa.

– Acorde... – sussurrou para ela.

– Qu-quê? – A amiga abriu os olhos e deu uma olhada rápida ao redor. – Onde nós estamos?

Maxi deu de ombros.

Pepa se levantou e, com passo firme, foi em direção à porta.

– Aonde você vai?

– Procurar o vovô – respondeu a menina, prestes a chegar à saída. Mas, nesse instante, uma gargalhada escandalosa...

...a fez retroceder rapidamente até a cama e se aconchegar ao lado de Maxi. Os dois cobriram a cabeça com o lençol.

– O que foi isso? – perguntou Pepa.

– N-n-não faço a menor ideia!

Pepa e Maxi permaneceram em silêncio e expectantes até que, fiuuu!, um sonoro e misterioso suspiro proveniente de algum lugar do aposento os assustou outra vez.

– Corra! Temos que sair daqui! Não estou gostando nada disso e...! – exclamou Pepa.

Maxi achou essa ideia tão boa que, de um salto, foi parar na porta e desapareceu atrás dela.

Segundos depois, Pepa estava na frente de Maxi com a testa franzida.

– Você me deixou sozinha – ela o recriminou.

– Você disse "corra", e eu corri. Além do mais, você não estava sozinha! Estava com...

...o Neném!

– Como é que a gente pôde esquecer o meu irmão?! – exclamou Pepa, com as mãos na cabeça.

Então, Neném começou a choramingar.

– Coitadinho! Deve estar tendo um pesadelo – sussurrou Maxi.

– Temos que buscá-lo – sugeriu Pepa, com medo. Pôs a mão na maçaneta da porta e a abriu devagar.

Na ponta dos pés e olhando para um lado e para o outro, eles se dirigiram até a cama. Pepa e Maxi se lançaram sobre o menino para comprovar se estava acordado. Como resposta, Neném espirrou, e a chupeta sobrevoou o quarto até cair perto da cortina que cobria a janela. O bebê choramingou de novo.

– Oh, não! – gritou Pepa, e, com Maxi agarrado ao seu braço com força, foi recuperar a chupeta.

Aos tropeções, eles avançaram até a janela, e Pepa se agachou para pegá-la.

– É como se estivessem nos observando – sussurrou Maxi, sem deixar de olhar para os retratos das paredes.

– Pare de dizer bobagens... – respondeu Pepa.

– É sério, Pepa... Veja aquele do chapéu de plumas vermelhas!

Pepa o observou... Era o retrato de um cavaleiro bonito, mas com cara de poucos amigos. Exibia um cavanhaque bem-feito e um espesso bigode. Tal qual Maxi havia indicado, usava na cabeça um grande chapéu de abas largas repleto de plumas vermelhas. Tinha sobrancelhas pretas e grossas e olhos de um azul intenso que... piscavam?!

– Aaaaaah! – gritaram os dois ao mesmo tempo.

Neném, assustado, começou a chorar de forma desconsolada.

CLIQUE!, alguém acendeu a luz do quarto.

– Podem me explicar por que tanto alvoroço?

O avô tinha acabado de aparecer.

– Você não vai acreditar! – gritou Pepa.

– Claro que vou! Vocês acabaram de descobrir que estamos num castelo fabuloso – anunciou o avô. – Mas já é tarde, e vocês deveriam estar dormindo.

O avô se aproximou da cama e pegou Neném no colo. O menino parou de chorar na hora e apontou para a irmã, que ainda estava segurando a chupeta.

– Pepa, pode me explicar o que está fazendo com a chupeta do bebê?

– Eu... Esse daí está olhando pra gente – afirmou a menina.

– Deixem de besteira. – O avô voltou a colocar Neném na cama e foi até o retrato. – Vocês têm muita imaginação! Já para a cama.

Pepa e Maxi se entreolharam. Talvez fosse verdade. E se só estivessem assustados por causa da escuridão?

– Até amanhã... Uaaah! – bocejou o avô, fechando a porta atrás de si.

Durante alguns minutos, um silêncio sepulcral inundou todo o aposento. Maxi abraçou Mouse.

– Psiu!

– Quê? – respondeu Maxi.

– Você viu a mesma coisa que eu? – sussurrou Pepa.

– Você quer dizer o jeito como os olhos dele piscavam? – sugeriu Maxi. – Vi, sim!

– Se nós dois vimos a mesma coisa...

Maxi escutava boquiaberto.

– ...não é fruto da nossa imaginação!

HA, HA, HA, HA, HA!

Uma nova gargalhada deixou as crianças sem ar. Ambas permaneceram expectantes por um bom tempo, até que se deixaram vencer pelo cansaço e acabaram dormindo.

QUEM ESTÁ AÍ?

Pela manhã, os raios do sol iluminavam o quarto e lhe davam um aspecto mais acolhedor.

Ao lado da cama, as crianças encontraram um bilhete escrito pelo avô, com indicações detalhadas para chegar à cozinha, onde lhes esperava um delicioso café da manhã. Pelo visto, o avô tinha levado Neném com ele.

– Você acha que aquilo de ontem foi um sonho? – perguntou Maxi.

Pepa assentiu com um sorriso. Mas, ao darem uma olhada no retrato do cavaleiro do chapéu de plumas vermelhas, sentiram um calafrio percorrer a coluna vertebral e se apressaram para sair do quarto.

Foi assim que, com o bilhete do avô na mão, percorreram um longo corredor de paredes forradas e desceram por uma ampla escada de mármore, aos pés da qual se detiveram.

– E agora? – perguntou Maxi, cujo estômago não parava de roncar. – Para que lado temos que ir para chegar à cozinha?

15 passos para a frente

Giro de 90 graus para a esquerda.

5 passos curtos para a direita.

Girar a maçaneta dourada

e abrir a porta...

Pepa observou o bilhete com atenção.

– Bom dia! – exclamaram algumas vozes na cozinha.

HA, HA, HA, HA, HA!

Pepa e Maxi frearam em seco. Diante deles estava o dono da risada estridente. Tratava-se de um homem corpulento, alto e meio corcunda. Seu rosto era pálido e estava marcado por profundas rugas. Ao lado dele, viram o avô com Neném no colo e uma idosa de aparência amável e cabelos brancos, com vários dentes faltando.

– Crianças, quero lhes apresentar os meus velhos amigos, o senhor e a senhora Fantom, proprietários deste fabuloso castelo – explicou o avô, satisfeito.

– Vocês dormiram bem? – interessou-se a senhora Fantom enquanto os convidava para sentar-se à mesa.

– Sinceramente... – Pepa não tinha muita certeza de se devia mentir e ficar bem ou falar a verdade e esclarecer as coisas. Buscou o olhar cúmplice do avô, mas não o encontrou, porque ele estava muito ocupado dando o café da manhã de Neném. – Não muito...

Teve a impressão de que o avô, sem levantar o olhar, fazia uma careta de desaprovação.

– As gargalhadas do meu marido não deixaram vocês pregar o olho, não é? – Então apontou para a lareira da cozinha. – O quarto de vocês fica bem aqui em cima, e se ouve tudo. Eu avisei que não era hora para tanta bagunça.

O senhor Fantom abaixou a cabeça com timidez.

– Fazia muito tempo que eu não via o seu avô! E dei muita risada! – o senhor Fantom se desculpou e logo começou de novo:

Pepa e Maxi tiveram um sobressalto.

– Você está assustando as crianças! – a senhora Fantom o recriminou. – Querem um chocolate quente?

Eles aceitaram. Estavam famintos! Mouse não pôde evitar pôr o focinho para fora do capuz de Maxi ao sentir o aroma do cacau.

– Cuidado, menino! – advertiu a senhora Fantom. – Tem um rato na sua...

Mouse pulou do capuz e saiu correndo pela cozinha.

– Iiiih! – gritou o senhor Fantom enquanto a esposa se apoderava da vassoura no canto da cozinha.

– É o meu hamster! – Maxi correu atrás da idosa.

A velha senhora Fantom se deteve e respirou aliviada.

– O meu marido, corpulento e valentão desse jeito, não suporta roedores. É de família...

– Vamos esquecer esse incidente e tomar café. Depois vocês vão explorar este castelo repleto de fantasmas, uuuuuuh! He, he, he! – O avô adorava fazer graça.

Os Fantoms olharam para ele surpresos.

– Tem zonas onde vocês não vão poder entrar, porque estão em mau estado. É o caso do torreão. Fica fechado, embora digam que há uma passagem secreta pela qual se chega a ele – avisou o senhor Fantom, secando o suor da testa. – Nós não encontramos.

Então, a senhora Fantom e o avô lhes serviram um par de xícaras cheias de chocolate fumegante.

– Gostam de muffins caseiros? – perguntou o senhor Fantom, oferecendo-lhes um prato. – Acabaram de sair do forno!

Foi assim que, depois de um saboroso café da manhã, as crianças, acompanhadas de Neném e de Mouse, começaram a explorar todos os cantos do castelo.

– Nem rastro de passagens secretas! – exclamou Maxi. – Vamos explorar o jardim?

Mas Pepa se deteve diante de uma porta de madeira maciça entreaberta. Observando com atenção, tentou imaginar que incrível mistério haveria atrás dela.

– Ainda não entramos aqui – avisou ao amigo enquanto empurrava a maçaneta e a porta começava a se abrir.

Os dois ficaram boquiabertos. Diante deles se estendiam estantes repletas de livros.

– Uma biblioteca! – disse Maxi, e correu para dentro dela.

Logo perceberam que muitos dos livros estavam cobertos por uma densa camada de poeira e cheios de teias de aranhas. Sobre a cabeça deles havia vários estandartes corroídos

e um candelabro gigantesco que dançava ao ritmo do ar que entrava por uma das janelas abertas. Num dos cantos da sala, descobriram uma velha armadura de ferro.

– É a primeira vez que vejo uma – disse Pepa olhando-a de perto.

Quando estava prestes a tocar uma das manoplas, acabou se distraindo com a pergunta de Maxi:

– Será que tem livros de detetives?

– Atchim!

– Saúde! – disseram as duas crianças juntas, virando-se para Neném.

Neném os observou surpreso com a chupeta na boca.

– Não foi você? – perguntou Pepa.

O pequeno negou com a cabeça.

– Se não foi ele, então quem foi? – alertou Maxi.

NHIIIGUI! NHAAAGO! NHIIIGUI! NHAAAGO!

Uns rangidos de lata lhes chamaram a atenção; quando se viraram, notaram que a armadura avançava com passo firme na direção deles!

As crianças ficaram paralisadas de pavor. Desde quando as velhas armaduras andavam sozinhas?

– Precisamos sair daqui! – gritou Maxi olhando para a porta.

NHIIIGUI! NHAAAGO! NHIIIGUI!
NHIIIGUI! NHAAAGO! NHIIIGUI!

Tarde demais! A armadura tinha acabado de interceptar o caminho deles. Pepa, Maxi e Neném se detiveram sem saber o que fazer nem para onde ir.

– Pense em alguma coisa, e rápido! – exclamou Maxi para Pepa.

– N-n-não tenho nenhuma ideia... – Pepa batia os dentes.

E, então, Neném cuspiu a chupeta! Ela saiu disparada com tanta força que acertou o elmo e rebateu contra a lombada de um velho livro de capa de couro. Inesperadamente, a estante começou a se deslocar para o lado e... se abriu!

– A passagem secreta!

Foi só o tempo de Neném recuperar a chupeta, que Pepa e Maxi o levaram com toda a pressa.

Atrás deles, a estante voltou a se fechar.

– Você acha que estamos a salvo? – perguntou Pepa.

– A única coisa que eu sei é que quero sair daqui! – respondeu Maxi, sem parar de tremer.

O corredor, pouco iluminado, deixava entrever paredes completamente descascadas e repletas de mofo. O cheiro de umidade era insuportável.

– O chão está muito escorregadio – avisou Pepa.

CATAPUMBA!

Maxi caiu estatelado.

– Nem me fale! – disse ele, e, enquanto se levantava com a ajuda de Pepa, eles ouviram um som que já era familiar.

NHIIIGUI! NHAAAGO! NHIIIGUI!
NHIIIGUI! NHAAAGO! NHIIIGUI!

– Temos que nos esconder! Esse monte de ferro velho conhece a entrada e está vindo atrás da gente! – exclamou Pepa, que saiu correndo de mãos dadas com Neném.

– Manhêêê! – gritou Maxi, enquanto apalpava o capuz para se assegurar de que Mouse estava ali. – Esperem por mim!

De repente, Pepa e Neném desapareceram de vista. Maxi se deteve por um instante.

Diante dele, o corredor se dividia em dois. Sem saber qual caminho pegar, sussurrou:

Maxi prestou atenção na voz de Pepa e continuou por esse caminho.

– Cadê vocês? – perguntou ele, e subitamente foi puxado por uma mão que o segurou pelo braço, para junto do muro de pedra.

– Psiu! Agache-se! – alertou Pepa.

Ela e Neném estavam escondidos numa curva da estreita passagem.

Permaneceram ocultos e em silêncio por alguns minutos, até que o ranger da armadura se afastou pelo outro caminho e se perdeu ao longe.

– Podemos sair – propôs Pepa.

Naquele instante, Mouse pulou do capuz e começou a correr, farejando por todos os lados.

– Espere! – exclamaram as crianças, que saíram velozes atrás dele.

Mouse se deteve diante de uma escada de pedra que parecia não ter fim. De imediato, trepou pelos degraus e prosseguiu seu caminho.

Assim, as crianças começaram a subir pelos degraus altos e desiguais, até alcançar o hamster. Dessa vez, ele tinha parado na frente de uma portinhola enferrujada. Numa das laterais havia uma alavanca, e, quando a puxaram, a porta se abriu, e eles descobriram

um buraco cheio de fuligem e em forma de boca, ao fim do qual se entrevia luz.

– Menos mau que o seu hamster não resolveu continuar subindo os degraus... Parecia que a escada não terminaria nunca! – exclamou Pepa, sem fôlego.

Sem hesitar, eles se enfiaram naquele buraco e acabaram chegando ao...

– Nosso quarto! – exclamaram.

Decidiram ir ao encontro do avô para lhe contar tudo o que aconteceu. Ele estava no jardim, deitado numa espreguiçadeira e conversando animado com os Fantoms. Quando viu as crianças chegar, fez uma careta:

– De onde vocês saíram? Estão parecendo limpadores de chaminés!

– Um fantasma! Na passagem secreta!

E Pepa e Maxi, ainda tremendo, relataram os últimos acontecimentos vividos, diante do olhar atento e desconfiado dos Fantoms e do avô. Eles pareciam não acreditar no relato das crianças.

– He, he, he! Bem que eu falei que eles têm imaginação de sobra! – comentou o avô, dirigindo-se aos amigos, que escutavam as crianças com a cara desconjuntada. – Vocês não acham?

Os Fantoms negaram com a cabeça.

– Faz só alguns meses que nós nos instalamos no castelo, propriedade de uns tios que eu não cheguei a conhecer, e não pararam de acontecer coisas estranhas.

O senhor Fantom secou o suor da testa. A senhora Fantom prosseguiu:

– Os tios do meu marido tinham um único filho, obcecado em transformar o castelo num cassino. Como os pais se opuseram, brigou com eles e desapareceu. Jamais voltaram a saber dele... Então o meu marido, por ser o único descendente vivo dos Fantoms, recebeu o castelo como herança.

O senhor Fantom se levantou.

– Na nossa primeira noite aqui, não con nhos, passos e rangidos que iam se repetindo noite após noite...

– Foi então que decidimos comprar tampões de ouvido! – interrompeu a senhora Fantom.

– Hein? – Pepa, Maxi e o avô ficaram pasmos. – Tampões?

– Achamos que era a única solução para pegar no sono! – explicou a senhora Fantom. – Para barulhos tolos, ouvidos surdos!

– O pior aconteceu há dois dias, numa noite em que eu me levantei para ir ao banheiro. Quando abri a porta do quarto, tive a impressão

de que a armadura perambulava pelo corredor!

Pepa e Maxi se entreolharam com os olhos arregalados. A senhora Fantom baixou a voz, como se não quisesse que ninguém, com exceção dos presentes, pudesse ouvir suas palavras:

– Eu li que a armadura pertenceu a um dos antepassados dos Fantoms... Tenho

certeza de que é o fantasma dele que perambula como alma penada pelo castelo!

– Tolice! – exclamou o avô de repente. – Deixem de histórias, vocês estão assustando as crianças.

O avô se levantou da espreguiçadeira e foi caminhando em direção ao castelo quando o barulho de uma porta se fechando paralisou a todos.

– Foi só o vento – garantiu o avô.

– Mas não tem nenhuma brisa e... – quis esclarecer Maxi.

– Estou com sede. E vocês? – Estava claro que o avô não acreditava naquele tipo de histórias, e se afastou a passos largos em direção à cozinha, seguido pelo casal Fantom.

FANTASMAS?

– Fantasmas não existem – insistiu o avô.

– Mas, vovô, nós vimos o fantasma da armadura na biblioteca.

– Besteira – repetiu o avô. – Isso eu resolvo rápido. Crianças, levem-nos até a famosa armadura do antepassado.

Pepa, Maxi e Neném guiaram os Fantoms e o avô à biblioteca. A armadura estava no canto.

– A-a-a-li está! – gaguejaram as crianças.

O avô se aproximou do suposto fantasma

da armadura e deu umas batidinhas suaves em seu peitoral.

CLONC! CLONC! CLONC!

– Viram? – disse, virando-se para todos. – É uma simples armadura. E agora, me digam, onde está a passagem secreta?

Pepa e Maxi deram uma olhada nas lombadas dos livros. Não lembravam qual deles abria a estante!

– Ah-há! – exclamou o avô. – Nem fantasmas nem passagens secretas... É tudo bobagem!

Pegando a mão de Neném, deixou a biblioteca com passo firme, seguido pelos Fantoms.

Quando ficaram sozinhos, Pepa e Maxi insistiram em encontrar qual daqueles livros era capaz de abrir a estante que escondia a passagem secreta. Do contrário, o avô jamais acreditaria neles. E então perceberam um detalhe: as lombadas de todos aqueles velhos volumes estavam repletas de pó, exceto uma, que se destacava entre as demais por estar repleta de marcas de dedos! Imediatamente, sem se perguntar a quem pertenciam aquelas digitais, as crianças apertaram a lombada do livro, até que, por fim, a estante se abriu, e elas se apressaram para entrar.

– Vovô! – gritaram de lá.

A estante se fechou de repente, e eles ficaram presos do lado de dentro.

– Pela lareira! Rápido!

Pepa e Maxi percorreram o corredor até chegar à bifurcação. Então, continuaram pelo caminho da direita e subiram a escada até a portinhola enferrujada que dava para o quarto deles.

– Desta vez o vovô vai ter que acreditar em nós! – garantiu Pepa, puxando a alavanca. – Não abre!

ATCHIM!

Um espirro.

Pepa e Maxi se entreolharam. O mesmo espirro da biblioteca!

O fantasma estava descendo a escada!

– Ai! Ele vai pegar a gente. – Maxi olhava para o alto da escada. – Puxe com força!

– Me ajude!

Maxi agarrou a alavanca; eles juntaram forças até que abriram a portinhola, e entraram no quarto aos tropeções.

– Podem me explicar onde é que vocês estavam? – O avô tinha acabado de entrar. – Pepa, você está pálida!

– O fa-fantasma – gaguejou Pepa.

– Coitadinha! – Carinhosamente, o avô pôs a mão na testa de Pepa. – Está com febre. Deite-se.

– É verdade, vovô – insistiu a menina enquanto se deitava. – Nós voltamos a ver o fantasma...

O avô a observou com ar de preocupação.

– Vou buscar um termômetro. – E então prosseguiu: – Amanhã cedo, voltaremos para casa. Agora há pouco eu falei com o seu pai e contei sobre suas visões. Ele ficou um pouco preocupado e concordou com que encurtemos a estadia.

Dito isso, desapareceu pela porta e deixou as crianças sozinhas.

Maxi tinha a cara ensopada pelo suor. Fazia uns estranhos movimentos com os olhos; primeiro olhava para Pepa e depois olhava de soslaio para o retrato do cavalheiro do chapéu de plumas vermelhas. Assim, várias vezes.

– O que foi? – perguntou Pepa.

Maxi sussurrou:

– Estamos sendo observados.

Pepa, dissimuladamente, olhou para o retrato. Maxi tinha razão!

Por sorte, o avô voltou em seguida com um termômetro, acompanhado de Neném e dos Fantoms.

O avô pôs o termômetro na neta enquanto o senhor e a senhora Fantom rodeavam Maxi com ar preocupado.

Enquanto isso, do lado de fora do quarto, uma estranha silhueta mascarada se movia sigilosamente. Girou a maçaneta do quarto contíguo ao das crianças, e então...

Uma portada.

O girar de uma chave!

O barulho paralisou a todos os ocupantes do quarto das crianças.

– Se todos os habitantes do castelo estão aqui dentro, alguém pode explicar o que foi isso? – atreveu-se a perguntar o avô, agora um pouco assustado.

– Pareceu uma porta batendo... – insinuou a senhora Fantom. – E o girar de uma chave.

– Acho que vou ter um troço! – disse o senhor Fantom, com voz fraca.

E, nesse instante, ouviram uns gritos no quarto ao lado que os deixaram gelados.

NÃÃÃÃÃO!!

Os Fantoms, o avô e as três crianças saíram para o corredor. Pepa teve a impressão de vislumbrar uma silhueta mascarada que se afastava correndo escada abaixo. Mas, como estava com febre, pensou que eram alucinações e preferiu não pensar mais nisso.

– Quero sair! – Os gritos não cessavam.

A senhora Fantom girou a chave, e eles entraram em bando. No lado de dentro, descobriram um pequeno homem em cima de uma cadeira grudada na parede. Era o suposto fantasma!

– Ei! – exclamou o avô. – Pode explicar quem é o senhor?

O homem desceu da cadeira. Era idêntico ao indivíduo do retrato!

– O senhor é um...? – O avô estava desconcertado. – Fant...?

– Atchim! Um Fantom! – vociferou o homem, assoando o nariz.

– O filho dos meus tios!

Todos estavam boquiabertos.

– Atchim!

O espirro fez Mouse se assustar e pular do capuz de Maxi.

– Socorrooo! – gritou o homenzinho. – Um rato! Eu não os suporto!

– Mas o que você pretendia? – exclamou o senhor Fantom, muito mais tranquilo agora, que sabia que não tinha de se livrar de um fantasma.

– O castelo pertence a mim! – exclamou o homenzinho, dirigindo-se ao casal. – Faz uns dois meses que eu estou morando no torreão abandonado, entrando e saindo livremente e perambulando como um fantasma pela casa com a intenção de expulsá-los. Atchim! Menos mau que não resolveram subir ali pela escada da passagem secreta. Atchim! Mas não só não consegui afugentar os velhos, como ainda encheram a casa com outro velho, dois intrometidos e... um bebê! Eu tenho alergia a bebês! Atchim! Isso sem falar nesse rato. Brrr!

– Hamster! – exclamou Maxi, irritado.

– Menos mau! Não tem fantasma – gritou alegre o velho Fantom.

– Na verdade é um fantoche – disse a senhora Fantom.

Ao longe, ouviram a sirene de um carro de polícia. Os Fantoms e o avô barravam a passagem do homenzinho e não pareciam ter intenção de se mover.

– Quem chamou a polícia? – perguntou Maxi.

– Oi? – disse uma voz atrás deles.

O senhor Pistas, acompanhado de Pulgas, tinha acabado de aparecer no quarto.

– Papai! – exclamou Pepa.

– A ligação do avô me deixou preocupado. Ele me falou de fantasmas! – Depois, dirigindo-se aos Fantoms, disse com timidez: – Eu entrei pela porta traseira da cozinha. Estava aberta. Recomendo mantê-la fechada... Quem é esse com cara de poucos amigos?

– Oh, é uma longa história! – responderam Pepa e Maxi, sorrindo.

O senhor Fantom tinha recuperado a cor e voltava a dar risada.

PASSATEMPOS

1
QUE CONFUSÃO!
Ajude os Buscapistas a desembaralhar as linhas e recuperar seus objetos. Pepa precisa da lupa e da mochila, e Maxi quer o livro e a lanterna.

2
SOMBRAS PERDIDAS
Os personagens perderam suas sombras! Você consegue relacionar cada sombra com o seu dono?

TODAS AS
AVENTURAS DE
PEPA E MAXI...

T. BLANCH – J. A. LABARI
OS BUSCA PISTAS
O caso do
castelo assombrado

T. BLANCH – J. A. LABARI
OS BUSCA PISTAS
O caso do
livreiro misterioso

T. BLANCH – J. A. LABARI
OS BUSCA PISTAS
O caso do roubo
da *Mona Louisa*

T. BLANCH – J. A. LABARI
OS BUSCA PISTAS
O caso do
cemitério enfeitiçado

T. BLANCH – J. A. LABARI
OS BUSCA PISTAS
O caso da
ilha dos Jacarés

T. BLANCH – J. A. LABARI
OS BUSCA PISTAS
O caso do
monstro dos cereais

T. BLANCH – J. A. LABARI
OS BUSCA PISTAS
O caso do
troféu desaparecido

T. BLANCH – J. A. LABARI
OS BUSCA PISTAS
O caso do
fantasma do teatro

T. BLANCH – J. A. LABARI
OS BUSCA PISTAS
O caso do
tesouro esquecido

T. BLANCH – J. A. LABARI
OS BUSCA PISTAS
O caso da
caverna proibida